拯救黑熊大作戰

文／王文華　圖／賴馬
審訂・推薦／中興大學生命科學系副教授吳聲海

前情提要

你不能不知道的可能小學

可能小學，是一所遠近知名，卻常讓人找不到校區的小學。

這所學校其實位置不遠，交通也方便，真的，因為它就在動物園站的下一站，動物園站已經是最後一站了，還有下一站嗎？

沒錯！

那一站叫做「可能小學站」。

只是遊客們都很急，急著在動物園站下車，沒注意，也不曾想到要去注意，在空盪盪的車廂裡頭，還有幾個孩子笑容滿面，準備去上學。

上學有什麼好開心的？

有呀！

可能小學裡，沒有不可能的事！

「讓小朋友開心上學，快樂回家」，是可能小學唯一的校訓。

別的學校有的課，可能小學通通都有。

可能小學有的課，嗯，其他學校可能聽都沒聽過。

像是超越時空的社會課，秦朝、唐朝、明朝和清朝，小朋友都上得嘰哩呱啦，開心極了。聽說還有小朋友愛上唐朝，立志留在那兒完成「可能小學的歷史任務」，直到今天都還捨不得回來呢！

還有還有，像是戶外教學。

戶外教學每間學校都有，這沒什麼好稀奇，稀奇的是，可能小學可是認認真真的將戶外教學當成一回事，重金禮聘歐雄老師來上課。

歐雄老師，像謎一樣的英雄人物。

全球五大洲各有一座最高峰，歐雄老師都爬過了。

世界三大洋搭飛機繞一圈是不是要很久？人家歐雄老師可是操縱帆船，一一橫渡。

他來上第一堂課時，駕著滑翔翼，直接落在一群嘴巴張得大大的孩子中間。

他脫下飛行頭盔，拿掉墨鏡，背著陽光走出來……

夠酷了吧！

想上他的課得排隊，二十個名額，可能小學的三百個孩子都想擠進去。

選課那天，門才打開，立刻被孩子們秒殺結束。

第一個月，歐雄老師安排了一系列的活動，像是攀岩、野外求生，最後去迷鹿山上露營；第二個月，歐雄老師利用可能五號，帶他們航行到公海。

上個月，他們又練滑翔翼，又學降落傘，後來聽說去了金沙湖，有個小孩差點被公主留下來當駙馬。

哈哈哈，怎麼可能有這種事嘛？

別忘了，這兒是可能小學，什麼事都有可能。

而這會兒，歐雄老師在喊集合了。

他像頭大熊，高高的，壯壯的站在孩子們面前：「嗯，我們的戶外教學要上哪兒呢？」

底下的孩子已經準備歡呼了，不管他說出什麼地點，用什麼方式……

歐雄老師露出潔白的大板牙。

「前途光明，只是找不到地圖，我們去騎單車吧！」

【人物介紹】

超完美

十歲，就讀可能小學四年愛班。爸爸是版畫家，媽媽經營一家花店，她從小就愛好藝術，週一到週五，天天自我充實，從音樂、美術、舞蹈到攝影。她一直以為，戶外教學就是手持相機，背著畫架去寫生，直到她參加可能小學戶外教學課，歷經幾段不可能的任務，她才發現，原來自己沒有懼高症。

高有用

十歲半，巴巴厚族，目前就讀可能小學四年仁班。爸爸、媽媽是動物園管理員，家裡冰箱裡最常見的，不是水果，而是獅子和老虎的便便。高有用的體育特別好，是可能小學鐵人三項紀錄保持人（那項比賽只有他一個人報名）。聽說學校有戶外教學課，他排除萬難參加。在任務中，他差點被金沙公主收為駙馬，光頭的海盜王更看上他，想要把他收為義子，而這回……

歐雄老師

平頭、身材壯碩的歐雄老師，是可能小學戶外教學課的老師。戶外教學要上什麼？嗯，歐雄老師有一系列計畫，從登山、潛水到飛行傘。光看長相，你會以為他今年二十五歲；但是看他背影時，常常有人把他誤認為一頭歷盡滄桑的黑熊。

歐雄老師住哪裡？畢業自哪個學校？他結婚了嗎？直到今天，可能小學的人事室裡，還是找不到他的任何資料。

朱腦油員外

方頭大耳，腦滿腸肥的朱員外，家有良田千畝，茶山無數。算命師說他一生有三妻六女九子命，煩惱的是——三妻六女他都齊了，就欠九子沒出生，為了這件事，他找到「國師」李布衣，請求李布衣幫他向上天求九子，不管什麼代價，他都肯出。

李布衣

人稱李國師，瘦瘦的身材，穿什麼衣服看起來都是仙風道骨，要是在現代，絕對能當模特兒。李布衣會點豆成兵術，也懂化紙為蝶術，這回接下朱腦油員外的請託，他用奇門遁甲術召來一頭大黑熊，更奇怪的是，跟著這隻大黑熊而來的，還有一群黑熊勇士隊，這是怎麼回事呀？

達魯面

二十六歲，住在黑熊部落。十五歲時，達魯面曾徒手抓到白毛山豬王，被他們的頭目荷包面

封為黑熊部落第一勇士；只要他的腳踩在地上，互哈互哈一喊，他就有無窮無盡的勇氣，就算獵槍瞄著他，他也不怕的啦！這回達魯面帶著黑熊勇士隊下山，目標只有一個——救回大黑熊。

大黑熊

牠很無辜，為什麼來到南塘古鎮，牠也說不清楚，只是獵人要抓牠，李布衣要召喚牠，黑熊勇士隊要救牠，朱腦油員外要吃了牠，哎呀……牠是招誰惹誰了呀？

一 南塘古鎮

春天早上，和風很涼，青蛙阿發吃完三蚊子飯糰，戴著墨鏡想去晒太陽。

隆隆隆！

隆隆隆！

地面微微跳動，空氣稍稍不安，什麼東西接近中？

阿發跳上荷花葉，正想看清楚，一陣狂風吹得荷花亂擺，牠緊抓

著荷葉大叫：「龍捲風～」

那陣風很強！

蜘蛛破了網子，蜻蜓亂了舞步，蝴蝶掉了鞋子，阿發的墨鏡也消失得無影無蹤。

牠們顫抖、發傻和尖叫，過了好久好久，才敢望著那道愈行愈遠的金色龍捲風：

「那……那是什麼精靈吹的什麼妖風？」

吱的一聲，煞的一下。

吱，是有一輛腳踏車停住。

煞，有隻大腳丫凌空踩來。

「救命呀！」

蜘蛛拉線遠遠盪開，蜻蜓、蝴蝶張翅高飛。阿發來不及跑，牠連忙一滾，滾進池塘，嘿！就在池塘底下，有個東西刺到牠的腳。拿起來一看，是阿發的墨鏡，被他自己踩扁了。

「可惡的臭腳丫。」阿發浮上水面。

「可惡的腳踏車！」那隻大腳丫的主人穿著粉紅色運動鞋，粉紅色長褲，粉紅色外套，外帶一張氣得粉紅粉紅的臉。

她是超完美。可能小學四年級學生。

原來剛才是二十四輛金色單車颳起的旋風。

「我的車鏈……車鏈又掉了啦～」超完美看看車子，回頭瞪了阿發一眼。

哦，她的眼光能殺青蛙，阿發急忙躲進水中。

金色單車隊的最後一輛掉頭，粗粗壯壯的高有用搖著頭走來：「你……你是單車的剋星，單車絕對跟你有仇。」

他說得完全沒錯。

歐雄老師帶他們單車環島。從學校出發後，超完美已經要求換過六次腳踏車。

她的理由像是：

……造型笨重，騎起來不夠優雅。

……感覺踏板緊緊的，像是……怪怪的……。

……我不喜歡。

……這輛車好像不太配我的褲子。

而現在，她正嘟著嘴：「我不要騎這輛笨車！」

高有用還能說什麼？他苦笑著把車交給超完美，然後動手把「本來是超完美的現在成了高有用」的單車修好：「我們趕快出發，大家都騎進南塘古鎮了。」

超完美終於笑了，只是她的笑容維持不到五分鐘：

「咦，高有用，我怎麼覺得這輛車不太順手，是不是你剛才動了什麼手腳？」

「我……」

陽光溫煦，和風舒暢。

在超完美換完第七次車後，他們終於追上大隊人馬，騎在南塘古鎮的巷道上。

「這個古鎮，以前是個港口，從這裡運出茶葉、稻米和獸皮，運進瓷器、石材和絲綢。」歐雄老師停在樹下開講。

這裡地勢較高，可以看見大半個鎮。

「如果這裡是港口，怎麼看不到海？」高有用很好奇。

對呀，媽祖廟的飛簷在陽光下閃耀，幾隻鴿子飛過藍天。海，好像在更遠的地方。

歐雄老師點點頭：「溪流從深山裡來，挾帶的泥沙堆積在出海口，港口漸漸往外移，這就叫做『滄海桑田』。如果拿古代的地圖來對照，那座廟就在碼頭邊，廟邊的小巷彎來彎去，可以防止海盜搶劫。」

歐雄老師說得好好像他親眼見過似的。

「海盜……」高有用和超完美兩人互看了一眼。

「兩邊的屋子窗戶開得又小又高，巷道又彎又窄，易守難攻，防盜最有用。」歐雄老師邊說邊往前騎。

巷道彎曲向下，只容得下一輛單車前進，他們小心翼翼的踩踏。

超完美落在最後，她帶著相機，騎騎、停停、拍拍，高有用催她，她還是流連在那些美麗的古老的角落。

像是高高的山形屋簷。

像是寶藍的雕花浮飾。

像是黑色窗櫺上的……

「熊？」兩隻熊的裝飾出現在她相機的液晶螢幕上。

高有用無奈的退回來：「老師已經轉彎了，你要是不快一點……」

「好奇怪喔，這隻熊的胸前有V字的白領，那隻沒有，有兩隻熊的成語嗎？他們家為什麼要在窗戶上放兩隻熊？」

「熊？我知道了，那一定是『灰熊厲害』的意思。」

「不對，窗戶上是黑熊。那道白領是用石片鑲的耶，那……那是石片！熊徒弟的石片。」她放下相機，迷惘的說。

「怎麼可能？」高有用忍不住伸長手摸摸石片，光滑、扁薄，還刻了三個記號，像是什麼動物的腳印。

「如果這是熊徒弟的石片，我們怎麼還在這裡，沒有回到過去？」

對呀，沒有風吹，沒有炫目的光，天還是很藍，風還是很暖……

二 南塘碼頭

超完美騎上單車，她的車像風一樣，咻的一聲出去了。

高有用提醒她：「小心，是長下坡。」

她哇啦哇啦的叫著：「人家……人家煞不住～啦～」

那個啦字出來，她已經衝出去至少一百公尺了。

高有用想幫她，但是，她衝太快，巷子前方，突然傳來一陣霹靂啪啦響，伴著一股濃煙，她瞬間被濃煙吞沒。

「我看不見～」她叫得很悽慘。

高有用急忙追上去，那團濃煙愈來愈近，可怕的是……

「煞車壞了！」他就這麼叫著衝進濃煙裡。

濃煙裡頭分不清東西南北，車速又快，高有用騎得正擔心時，前輪不知道碰上什麼，喀的一聲，單車向上飛了出去。

他抓不住車頭，人和車在空中分開，砰的一聲，又摔回地上。

地面莫名其妙的搖了起來。

「地震！」是超完美的聲音。

如果這是地震，搖得也未免太久了吧？

煙霧漸漸散去，景物漸漸清晰，粗粗的麻繩，堆疊的麻布袋，還有一根粗大的電線桿？不，那是桅杆，上頭……上頭有片帆，四周很吵，很多人在說話。

「我們……我們在船上？」超完美急了，「我們要出海嗎？」

「不是出海？是進港！」一個滿臉刀疤的男人停下腳步，「想出海，也得等我們買到熊膽呀！」

「進港？」

這果然是艘船，不過，看起來像是商船。船邊架了木板，那是他們滾進來的地方，

但是單車呢？

很多人扛貨下船，船邊走過一列迎神隊伍，霹靂啪啦的，鞭炮帶起陣陣濃煙，

難道這就是剛才那陣煙，那陣聲響？

「好了好了，囝仔郎去別的地方玩，

別妨礙我們做事情。」

刀疤郎回頭吼著手下，「阿義仔，去碼頭問問那間藥材行，我們訂的熊膽，來了沒有？」

天空藍得奇怪，他們張著好奇的眼神走下船。

這是個熱鬧的碼頭，遠方的海面有幾艘船準備要靠岸；泊在港口的船隻都降下了帆。

碼頭邊很忙碌，扛貨上船的，把貨搬下船的；有艘大船下來一群人，提著大包小包，有男有女，不知道是觀光客還是移民？

岸邊的店鋪多是兩層樓的木造建築物，東西賣得很雜：堆滿白米和稻穀的是米行、懸掛魚乾和斗笠的應該是雜貨鋪，敲敲打打的打鐵店，喀喀叩叩的佛像雕刻場，陌生中卻帶著幾分親切感。

「我們……好像又回到古代了？」超完美說。

「石片呢？」高有用看看四周，「快去找石片回家吧！」

超完美瞇著眼，看看前方：「石片，一定在那條巷子裡。」

那條巷子又長又窄，剛才他們就是從那裡滾下來的嘛。

只是來時是下坡，現在回去，得爬一段長長的坡。

超完美走得喘吁吁：「等等我，高有用。」

高有用像陣風：「你跑快點，要是石片被海盜挖走怎麼辦？」

「這麼陡的坡，海盜跑上來，累都累死了，哪有力氣搶劫啦。」超完美求饒，「你先走，找到了我們一起回去。」

咚咚咚，高有用拔腿就跑，像陣風似的，消失在巷道轉彎處。

她低下頭，還喘不到幾口氣呢，咚咚咚，高有用又跑回來了。

「找到了？」她笑了。

「沒有！」高有用搖頭。

「怎麼可能？」超完美失望，尖叫，「那我們怎麼回去？」

像回應她的話，巷道兩端傳來鏘鏘鏘的鑼鼓響：「**進得來，回不去，進得來，回不去！**」

像是成千上百的人在吶喊。

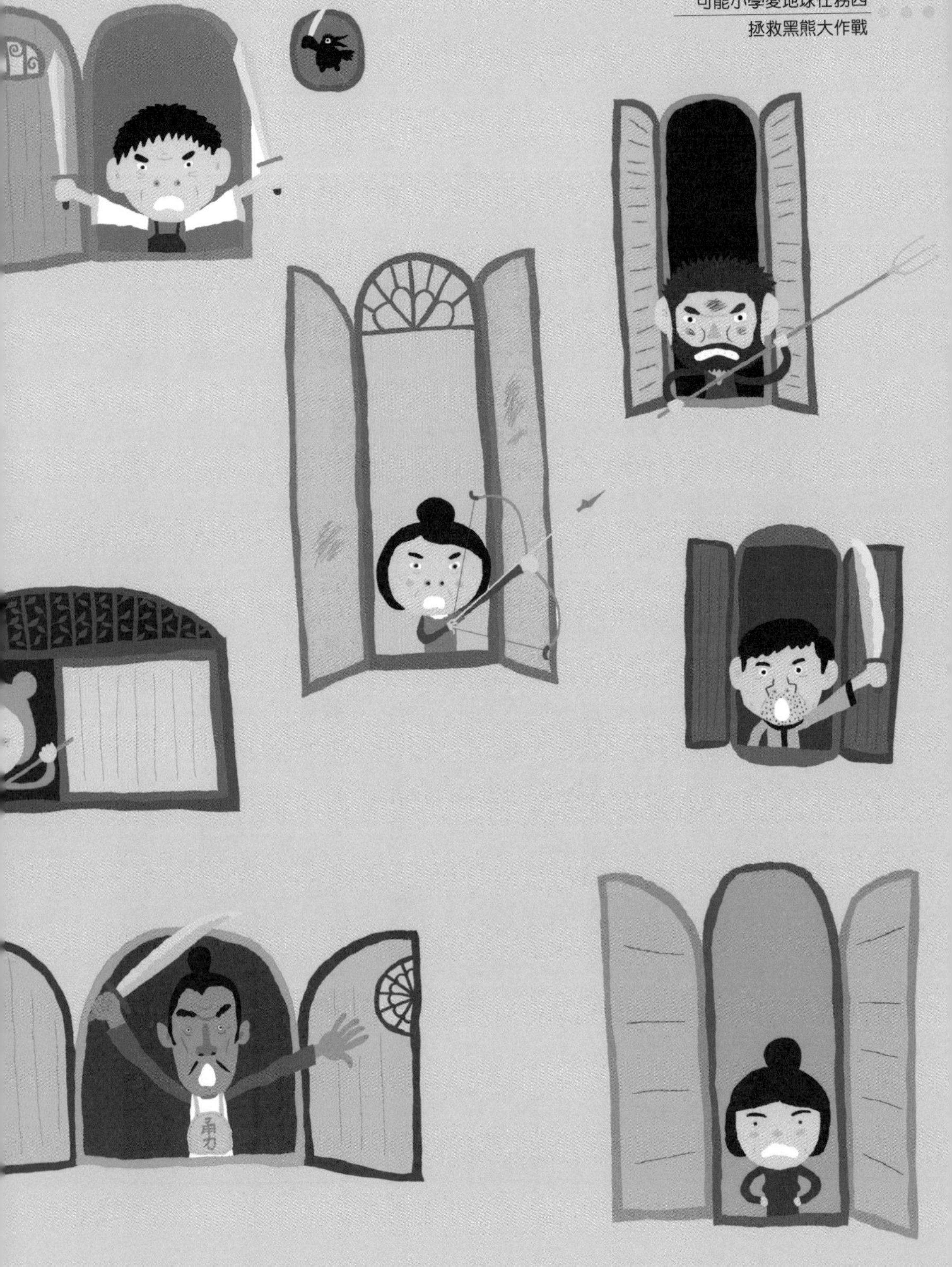

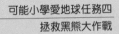

「是……誰？」他們背靠背站在一起。

砰砰砰砰，巷道兩旁伸出一根根棍子，從這邊牆插進那邊牆裡，形成一道道的木牆。

幾十扇窗戶被人推開，更高的屋頂上，也有好多人。那些人，手裡拿刀拿槍拿弓箭，氣勢洶洶。

進得來，回不去！

進得來，回不去！

海盜，看你往哪裡逃……

聲音瞬間消失，一股海風在頭頂嗖嗖作響，他們望著高有用，像在等他回答。

「**我……我不是海盜。**」高有用勉強擠出這麼一句話。

超完美補充：「對對對，我們是小孩，小孩不會當強盜。」

一個胖子從又小又高的窗戶探出頭來：「你們不是強盜？」

超完美急忙點頭：「小孩不當強盜。」

「不是強盜，那就是小偷了，小小年紀敢當小偷？大家快來啊！抓小偷！」

胖子話聲一落，他們同時大喊：「**抓小偷，見官府！抓小偷，見官府！**」

眼看刀出鞘、弦拉滿、箭就要射出，超完美嚇得腿軟，軟到她都忘了辯解：不是強盜，也不一定就是小偷呀！

古時用來防禦敵人的隘門。／廖泰基攝

海賊進攻，別怕，員外有請保全員！

古代沒有保全員，沒有二十四小時的警察巡邏，官府的保護沒有現代這麼嚴密（當然更沒有一一○可以報案），如果碰上海盜、山賊來襲，該怎麼辦呢？

在臺灣中部的鹿港，還留有這樣的建築──可以防盜的「隘門」和「九曲巷」。

隘門就像個磚造的小城門，高樓厚門，它們位於巷道口，負責保障巷內居民的安全，白天打開隘門，方便居民通行，到了晚上，只要把隘門一關，巷子內的人家就可以高枕無憂。

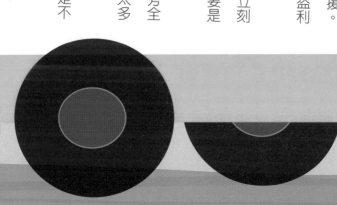

要是海盜入侵了，只要關上隘門，就能暫時阻擋盜賊的侵擾，等待救援。如果強盜闖進隘門內，嗯，也別怕，彎彎曲曲的九曲巷，是另一項防盜利器。

九曲巷的巷子又長又彎又窄，裡頭像迷宮，冬天時海風吹入九曲巷，立刻變得比較和緩，感覺似乎沒有那麼冷了，那時的人還認為鬼只會走直線，要是一個倒楣「鬼」走進九曲巷，它就會笨到在裡頭迷路，無法害人了。

既然連鬼都能騙過了，騙一夥強盜也不是難事，強盜跑進九曲巷，兩旁全是高大的磚牆，門開得小，強盜不容易攻破，就算攻破也無法同時擠進太多人。防禦的人守在樓上，居高臨下，很容易擊退敵人。

這樣的建築形式，就像是現代的保全員，負責保障居民的身家安全，是不是很聰明？

三 熊羆入夢

超完美緊閉雙眼，她嚇死了。高有用擋在前面，雖然也很害怕，但是，他寧可保護女生，像個勇敢的戰士。

「不要～」超完美尖叫著、發抖著。

抖抖抖，時間好像過了很久很久。

空氣乾爽，鑼鼓、鞭炮的聲音卻突然傳了過來。

怎麼了？超完美張開一條眼縫：

頭上的天空依然深藍，刀槍箭好像沒有射下來。

倒是屋頂上，突然傳來的聲音，讓她差點兒又想尖叫。

「各位鄉親，南塘鎮今年度第二十七次防盜練習正式結束，朱腦油員外請大家等一下去觀音亭拜拜看熱鬧，他今年貢獻一隻大豬公，足足有一千三百斤重，這是南塘鎮百年盛會，不看真可惜。」

「是喔，來去觀音亭看神豬，走了走了。」四面八方響起這樣的聲音。

刀槍放下，屋頂上的人退開，又小又高的窗戶關起來，木棍一根根抽走，長長的巷子剎那間，又變回原來的安靜。

這是防盜演習？他們兩面面相覷，抬頭，一朵白雲悠悠掛在巷子正上空，彷彿什麼事都沒發生過。

「那塊石片怎麼辦？喂，你們先別走呀……」

他們喚了幾聲，沒人理。吶吶的走出巷口，碼頭人來人往，高有用還想去其他巷子找一找：「說不定我們找錯位置，石片其實嵌在別的巷子！」

他說得好激動，走了幾步，發現沒人跟來。

高有用回頭才發現，超完美像傻了般，張口結舌，站在一旁。他伸手在她眼前揮揮：「你怎麼了？」

「那……那裡有隻熊！」

神像店前，剛刻好的木頭熊，露出牙齒，模樣嚇人。

「這邊也有熊！」她驚叫。

沒錯，刺繡店裡，也掛了一幅剛完成的作品，一隻大熊正和老虎博鬥。再仔細看看，裝裱行的學徒正在幫一張畫上漿，畫裡有隻大熊從青綠的山水裡走出來；傘店賣的油紙傘上全是模樣可愛的熊，一支一支撐開來晒太陽。

「這……難道這裡的人也愛小熊維尼嗎？」超完美揉著眼睛，簡直不敢相信。

對面一間矮小的燈籠店，門口掛滿紙糊的燈籠，大的小的長的圓的，五顏六色，奇形怪狀。一位老師父，手執毛筆神情專注，這時正在燈籠上細細畫上一隻熊。

一筆一畫，黝黑威猛的熊漸漸成形。

四周那麼吵，他彷彿都沒聽見。

超完美喜歡看人畫畫，不知不覺，她就走近燈籠店，不知不覺就

蹲在老師父身邊。老師父看看她，嘴角微微一笑。

燈籠上其實有兩隻熊，一隻黑色，胸前有道明顯的V字領。另一隻看起來像熊，可是凶巴巴的樣子其實更像老虎，威風凜凜，兩隻站在一起，很特別。

「對了對了，那塊窗戶上，也有這個圖案。」高有用問，「這到底有什麼涵義？」

老師父放下筆，笑呵呵的指著黑熊：「這一隻是黑熊，另一隻叫做羆，人家說熊羆入夢，多子多孫。誰要是夢到牠們，就會生男孩。朱腦油員外想生個男孩，想到快發瘋了，他託人來訂這種燈籠，一訂，就訂了八十八個，說是他家每一間房都要掛一個。」

「你是說，只要掛八十八個燈籠，就會生兒子？」

超完美搖著頭，「兒子有什麼好，又調皮又搗蛋，我們老師常被男生氣到哭。」

「傳宗接代，當然要靠男孩。這條街上大家全在畫熊、刻熊、寫熊，這都要送去朱員外家。他聽了一個江湖術士的話，說是只有請熊進戶，才能添丁旺人。」老師父瞇著眼笑，「不然，就會一直生女娃娃，像那六個。」

街上，跑過去幾個女孩，咚咚咚，由大到小，穿同款的紅袍上衣，紅色長褲，綁著相同樣式的辮子。

「她們是……」

「朱腦油員外家的六千金。」

一個小女生停下腳步：「現在是六個，我爹說，如果三媽媽肚子裡那個生下來又是女的，我們家就有七仙女了，罔腰姊姊，對不對？」她的年紀看起來和超完美差不多。

最大的女孩點點頭，原來她叫做罔腰。

「七仙女？天哪，你們家現在可以組成女子排球隊，如果你們爸爸再努力一點，說不定還能變成棒球隊。」高有用讚歎著。

罔腰圓睜著雙眼：「哼，你懂什麼呀，罔市、罔招、罔來、招弟和連招，我們去觀

音亭看豬公。」

六個女生，像一列紅色的小火車，咚咚咚的開走了。

只要夢到熊熊，保證生男生？

世界上現在還有八種熊存在，從寒帶到熱帶，都可見到熊熊家族，然而以分布來說，牠們大多分布在北半球，而且愈靠近南邊的熊，體型愈小。

熊的家族裡：最大的是棕熊，白熊第二，最小的應該是馬來熊。

在動物世界中，熊算是最可愛、卻又可懼的猛獸，人類對熊的敬畏，由來已久。古人把熊視為神明，在星座中，有大熊星座和小熊星座，小熊星座的尾部直指北斗，成為古代航海家確定方向的航標。

印地安人認為，佩戴熊牙可增長智慧，但是，他們也許不知道，熊牙剖面的環數可揭示一個祕密：熊的年齡，熊的平均壽命是三十歲。大約三萬年前，歐洲人就與一種頭大如盆的熊：洞熊，共處一洞，從法國南部的洞穴化石可以得知，洞熊比今天最大的棕熊還大兩倍。

熊在中國最早的詩歌總集《詩經》中就有出現了。古時候的人以「熊羆入夢」作為祝福人家生男孩子的吉祥話。熊羆入夢裡的「熊」被特指為黑熊，「羆」專門用來代表棕熊。

中國人認為熊掌是一道美食，孟子說：「魚與熊掌不可兼得，捨魚就熊掌」；熊膽在中醫裡，還是一帖能明目、清熱的藥材。熊的功用這麼大，於是，可憐的熊就不斷遭人追捕，直到今天變成了珍稀動物，想見牠們一面，似乎只能到動物園裡去。

四　三妻六女九子命

祈子壇面向大海，海浪澎湃，波光閃耀，法壇邊幾十個黃衣童子肅立，五色令旗飄揚，煙霧冉冉飄上天際。

超完美拉著高有用，她們這會兒像魚，在人群裡擠呀鑽呀，緊跟著六個紅袍小女生，擠進人群，鑽到法壇前廣場。

廣場上，擺了幾十張桌子，每張桌子上都有隻豬公，豬公的嘴裡含著橘子，一臉悲憤。

廣場正中央，是最大的豬公。牠的頭上留了一小撮黑毛，從正面看，像個超大的氣球，頭在中間偏下的地方，看起來特別小。

「嘖，這隻豬公真大。」

「嘖嘖，聽說天天要喝牛奶，請人拉二胡給牠聽，養了三年才養到這麼肥。」

「嘖嘖嘖，豬活得比人快活，這像話嗎？」

「嘖嘖嘖嘖，你們看見那六個女娃了沒，連生六個賠錢貨，朱員外只好花大錢，請李布衣幫他求子。」

「噓，朱員外和李布衣出來了，小聲一點。」

方頭大耳的朱員外，身穿藍色馬褂，超完美想起來，他就是剛才巷子裡的大胖子嘛。這時代的人大多瘦瘦的，朱員外很好認，大概是他的飲食最好，胖嘟嘟的，簡直和神豬一樣。

李布衣站在最前面，也許是太瘦了，海風吹過，他身上的衣服就呼呼作響，彷彿只要風再大一點，他隨時都能乘風飛走。

「今日吉時，朱員外請神豬及眾家人，向天上眾神明請求，祈求賜給善男朱腦油添子添丁。」李布衣一鞠躬，後面的朱家大小，全都跪下行禮。

一時間，令旗揮舞，鑼鼓齊鳴。

「奇怪，我怎麼覺得這個李

布衣說話時，皮笑肉不笑，像電視裡常出現的壞人？」高有用輕聲的說。

一個黃衣漢子，瞪了高有用一眼：

「小孩子有耳無嘴，我師尊李布衣是正統茅山祖師爺的閉門弟子，是降龍羅漢降世，伏魔除妖，無所不能。」

「你師父？他真的能幫朱員外求子？」高有用問。

「我師尊掐指一算，就知道朱員外一生有三妻六女九子命，現在他三妻六女都有了，就欠九子還未生。」

超完美問：「所以才要他殺豬公？訂熊羆燈籠？」

黃衣漢子得意洋洋的說：「只要我師父和天上的神佛說好，別說九子，連生十八子都可以。」

法壇上的李布衣開始作法。他的桃木劍對著天空一劃，再指著一旁的金爐，轟的一聲，金爐裡的紙錢冒出大火。

哇！人們驚訝的竊竊私語：「這個李布衣果然不簡單，隔空取火耶！」

只有高有用納悶：「這一招，好像在魔術夏令營裡看過。」

沒想到一旁的超完美接著他的話：「他再來是不是要變出蝴蝶？」她也有參加那次的夏令營嘛！

像是說好的一般，幾十隻黃蝴蝶真的從火裡紛紛往外飛，再紛紛落下地，一看，竟然是紙錢。

「點豆成兵，化紙為蝶。」黃衣漢子在人群裡鼓掌，「活神仙呀！」

「對對對，活神仙，活神仙。」人們不明就裡，跟著大聲喝采。

超完美搖頭苦笑：「什麼化紙為蝶，紙錢燃燒產生熱對流，灑上紙片像蝴蝶飛，我們在魔術夏令營都玩過。」

「難道，你師父是騙子？」高有用看看黃衣漢子。

「這……這……胡說八道，」黃衣男子臉脹得很紅，「師父為了替朱員外祈子，還親自上山用奇門遁甲術召來一隻大黑熊，那難道是假的嗎？」

「大黑熊？」他們狐疑的看看法壇。

只見李布衣右手一揮，幾個黃衣童子把臺上的紅布掀開——

一個大鐵籠裡，有隻渾身黝黑的黑熊，牠朝著眾人大吼一聲，震得人們紛紛往後退。

人聲熊吼，仍聽得到李布衣清冷的聲音跨空而來——

非熊非羆，
亦熊亦羆，
夢兆熊羆，
熊羆有喜。

臺灣黑熊愛穿哪種T恤？

臺灣黑熊為亞洲黑熊的特有亞種，胸前那道V字型白色斑紋，是亞洲黑熊共同的特徵，所以亞洲黑熊也被稱為「月牙熊」。

臺灣黑熊的胸前有道白色的V字紋／達志影像提供

臺灣黑熊的鼻形和狗的鼻尖很像，受到驚嚇時的叫聲，聽起來也很像熊，於是也有人把牠們叫做──「狗熊」。

臺灣黑熊的體型粗壯，頭圓頸短，體重大概在五十至兩百公斤，體長一二〇～一八〇公分。牠們是爬樹高手，會利用五指利爪勾住樹幹，交替上升，爬到樹上進食和休息，牠們是標準的雜食性動物，以植物性食物為主，土蜂巢是牠們喜歡的甜點。但是，牠們也會吃掉或拖走落入獵人陷阱裡的動物，甚至到工寮、山屋裡翻箱倒櫃尋找食物。

臺灣黑熊沒有冬眠的現象，終年活動，冬天時為了尋找食物，會往低海拔山區移動。黑熊一般沒有固定的居所，像是森林裡的獨行俠，走到哪兒就在哪兒休息。休息時，有時就直接趴臥在地上，有時候也會選擇較為隱蔽、可遮風避雨的大樹根下或石洞內落腳。

臺灣黑熊需要很大的活動空間，但是，因為山林的開發，四通八達的產業道路，害得原本需要廣大空間活動的黑熊，被迫生活在零散的原始林內，食物不足，母熊繁殖能力變弱，小熊難以存活，想在野外遇到熊，還真不是件容易的事。

五　黑熊勇士隊

李布衣的話，聽起來像是密碼，他才說完，籠子裡的黑熊立刻對著欄杆，又拍又打，又吼又叫！

吼！吼聲震天！

「欄杆快斷了！」人們驚訝的喊著。

沒錯，熊的力量真大，木頭欄杆像老公公的牙齒，鬆了。

牠會跑出來嗎？跑出來怎麼辦？

李布衣對著熊唸咒、比劍、威脅和利誘，熊卻愈來愈生氣，大吼一聲，李布衣當場跌到地上。

嘩！圍觀的人發出一聲喊，膽小的已經開始往外退。胖胖的朱員外拔腿就跑，後頭跟著三個太太、六個女兒，至於九個還沒出生的兒子，他暫時也不管了。

黃衣童子有義氣，他們圍著籠子，對著熊虛張聲勢。

「別動！」

「再動，抓你來燉熊湯！」

熊一定討厭這道湯，牠在籠子裡跳上跳下表達不滿。

砰砰砰，砰砰砰！

法壇搖搖欲墜，上頭的法器一件件往下掉。

「師父呢？」

「師父在哪兒呀？」黃衣童子在臺上喊。

「大家不用緊張，師父只要催動符咒，那隻黑熊就會聽話了！」黃衣漢子不死心。

可是李布衣呢？沒人看到他，難道他用奇門遁甲術，消失不見了？

一個黃衣童子拿著桃木劍想把黑熊制服，木劍剛靠近籠子，黑熊巨掌一掃，桃木劍斷成兩截。

「吼～」黑熊憤怒的扯斷欄杆，那群童子爭先恐後的跳下壇，法壇四周一片混亂。

神豬供桌被推倒，橘子滾來滾去，一顆豬頭還滾到碼頭邊躲起來。

噗通噗通，幾個人掉進海裡，幾艘船的纜索被人扯開，船也逃命去了。

高有用瞄瞄四周，不管往哪裡跑，都可能被人擠倒。

「躲法壇底下！」

他拉著超完美，掀開紅布，鑽進壇下，「先躲這裡……」

超完美急忙跟著爬進去。

她只爬了兩步，就碰到高有用。

「你快爬呀！」她喊。

「裡面……好黑……」

法壇底下只有一點光。

「你一個大男生，怕什麼黑嘛！」

繞過高有用後，超完美看到幾束零星的光，照著兩個人。黑漆漆的臉上，露出兩隻黑白分明的眼睛，他們身邊蹲著幾隻黑色的狗。

「鬼～」她毫不猶豫的尖叫。

那聲「鬼」只叫了一半，她的嘴巴就被人牢牢摀住。

「那個，那個，我們不是鬼啦！」摀著她嘴巴的人說。

聲音很豪爽，不像鬼，而且現在是白天耶。想到這裡，超完美停止掙扎，那隻手也放開她。

「那你們是誰呀？」

「互哈！互哈！」他們高舉右手，猛敲法壇：「黑熊勇士隊，搶救黑熊先！」黑色土狗，也跟著他們的叫聲齊鳴。

喊聲震天，法壇裂開一個大洞，什麼東西掉下來，惹得塵土飛揚。

吼～那是關黑熊的籠子嘛！欄杆被人整個打開了。

互哈！互哈！他們喜氣洋洋的振臂大叫。

那隻熊，掙脫所有的束縛。然後，充滿野性氣味的大熊，彎著腰，把頭伸到超完美面前。

「熊！熊跑出來了。」超完美腿軟了。

吼～熊叫了一聲，立起來，法壇又被撞破一個洞。

「別擔心，牠不是要找你。」那個名叫達魯面的年輕男子站在黑熊前面，露出潔白的牙齒笑著。

他揮揮手，黑熊坐下來，頭伸出法壇上，偶爾哼哼哈哈，像是很高興。

「這隻熊有訓練過嗎？」高有用很好奇。

「黑熊部落與熊和平相處，像兄弟一樣。是這些人抓了熊，還想吃熊的膽。」達魯面憤憤不平的。

「沒良心。」另一個叫做窩窩面的男子附和著：「熊是人的兄弟，不能吃。」

李布衣果然是騙子，還說熊是他招來的。

「那你們現在怎麼辦？」

「把牠送回山上呀！我們黑熊部落如果不能保護黑熊，那還算是勇士嗎？對不對？」達魯面說。

「保護黑熊。」窩窩面笑著露出牙來。

互哈！汪汪！呼聲和狗鳴，幾乎要掀翻這個法壇。

只是，這裡這麼吵，外面都沒聽到嗎？

六　聖人學堂

達魯面領先出去，幾條狗跟著往外跑，邊跑邊叫。

外頭陽光好強，超完美瞇著眼睛打量：天空好像更藍了，法壇前卻空盪盪的，人呢？街邊沒人；米行、燈籠店，大門緊閉。來時的小巷，現在多了木棍封鎖，屋頂、高窗有什麼在反光，一閃一閃。

達魯面低聲說，上面有埋伏。

沒錯，古鎮的巷道專防海盜，這下進退兩難，除非他們會駕船離開。

達魯面搖頭：「黑熊部落的勇士，雙腳一定要踩在土地上，呼哈，夏嘎！」

「呼哈，夏嘎～」窩窩面跟著振臂高呼。

「難道他們怕暈船？」高有用偷偷的問。

超完美猜：「勇士只敢在陸地上抓兔子，不敢到海上抓～」

「抓什麼？」達魯面突然問。

「兔子。」他們笑著說，逗得達魯面也只好跟著笑。

碼頭邊的商家形成一個大圈，把碼頭包圍起來。只是這些店家大門深鎖，進不去；小巷的隘門也緊緊閉著。達魯面不敢硬衝，他帶著大家沿碼頭找出口。

那幾隻土狗走在前面，超完美回頭，黑熊自顧自跟在後頭，偶爾立起來，東張西望一下，能獲得自由，熊大概很高興。這列隊伍真有趣，可惜她的相機沒帶過來，要是能拍幾張照片回去，一定讓歐雄老師看得目瞪口呆。

「這才是戶外教學。」

她試著推了幾戶人家的大門，大門用鐵皮包著，可以防弓箭，她推不動，裡面一定上了門。

「女生力量小。」高有用笑她，「這種門我只要輕輕一推……」

沒想到，門竟然說開就開，高有用的手沒地方著力，人跟著門就這麼滾了進去。

「哎呀～」他只來得及喊這麼一聲。

抬頭，一個看起來很嚴肅的老先生正凝視著他。

「該上課不上課，你想逃課？」

「逃課？」高有用問。

老先生手裡拿著長條木板子，敲著他頭說：「還裝蒜，《大學》第一篇背完了沒？」

高有用揉著頭，痛得齜牙咧嘴的。

牆邊，跪了一長排的小孩，他們年紀頂多四、五歲，睜大了眼，好奇的望著他們。

堂上，高高掛著一個木匾：聖人學堂。

原來這是間學校，幾張長條木桌當課桌，桌上有毛筆、有紙、有硯，但是，學生全跪在地上。

「功課不做，學業不進，就該處罰。」老先生得意的說，「大學之道，在明明德，你知道吧？」

「什麼德？」高有用問。

老先生輕拍戒尺，驕傲的問：「連大學都沒背？教不嚴，師之惰，今天一定要好好處罰你。」

「你是老師？罰學生跪，還動手打人，你在體罰學生？」超完美很生氣，「我請記者來。」

「記者是什麼東西？請他來我也不怕，我的戒尺專打違規不守秩序的……」

就在老先生說得口沫橫飛的時候，門外震動，一陣低沉可怕的吼聲傳了進來。

是熊！直立的黑熊，後頭跟著幾條臺灣土狗。原來達魯面擔心他們，繞回來。

「黑面牛妖！黑面牛妖呀！」老先生往後退一大步。

「什麼牛妖？」超完美站在黑熊前面，「他是黑熊，正港的臺灣黑熊，有白領的！」

「我……」老先生瞠目結舌，果然不知道。

超完美趁機問：「你知道北極住的熊嗎？那是什麼熊？」

「什麼極……」

「南極有一種鵝，你總該知道了吧？」

「鵝？莫非是大白鵝？」

「你連企鵝都不知道？」超完美笑盈盈的說，「那三分之一加五分之一是多少？這是數學，你會不會算？」

「三分之一加五分之一……」老先生面露懼色，「這題有深度，讓我想想……」

「這樣好了，三個答案讓你選——八分之二、二分之八和十五分之八，你可以選擇現場民調和求救，」超完美愈問，老先生就愈退，退退退、退退退，直到他退到了神桌前，「機會只有一次，你說怎麼樣？」

「民調？」老先生好不容易擠出一句，「你……你們這種邪魔歪道的東西，豈是聖人子弟所學？」

「數學、自然和社會，你都不會，只會背幾句經文有什麼了不起？」超完美得意的補上一句，「你們老師是誰？這麼簡單的東西都沒教？」

黑熊適時一吼，當場讓老先生腿軟，一屁股跌坐到地上。倒是那群跪著的小孩，現在全站了起來。

達魯面見機不可失，急忙問他：「這裡，有沒有出口？」

老先生一看到他那黑漆漆的臉孔，竟然嚇昏過去。

倒是一旁的孩子笑嘻嘻的說：「有有有，夫子睡午覺，我們就從後牆的芭樂樹爬出去，跟我們來。」

穿過幾間黑漆漆的房間，進入一個小院子，院子邊有張石桌。

「踩上石桌，爬上芭樂樹，就可以翻牆出去了。」孩子們低聲的問，「姐姐，你們讀哪間學堂？可以帶我們去嗎？」

超完美正要回答，只聽到牆外有人在說話。

「張兄，麻煩你再去多找些獵人，幫我多抓幾隻熊來，朱員外等著吃熊膽呢！」

那聲音，那聲音好熟悉，好像，好像是李布衣。

哎呀不得了，臺灣土狗不見了

「臺灣土狗」是原住民狩獵的好幫手。在泰雅族起源神話裡，「狗」是原住民的祖先，必須善待狗、不可以殺狗和吃狗。

臺灣土狗／鄭清海 攝

一隻純種的臺灣土狗，有百步蛇頭，蝙蝠耳和三角眼，牠的臉還要像狐狸，腰很細，尾巴還要像鐮刀；而且臺灣的高山，崎嶇的地形，造就臺灣土狗善於長跑也能短程衝刺、轉向的靈敏身手；面對潮溼多雨、冷熱不定的氣候變化，臺灣土狗內層綿密的絨毛有保暖的作用，外層的剛毛緊貼皮膚，有防雨、防蟲的作用。

隨著時代變遷、社會環境的變化，原本生活在高山部落的原住民，逐漸地與平地有了往來，臺灣土狗也開始被平地人所飼養，牠們從原始社會中的狩獵角色，轉型為農業社會的居家及田產守衛。

民國四、五十年代的臺灣鄉下，常常可以見到臺灣土狗活力充沛地奔跑，或是在三合院前，擺出警戒的姿態，預防陌生人的靠近，主人隨意拿剩飯剩菜餵食，牠們也照樣吃得津津有味。

臺灣土狗的優良特質是無法取代的，牠們嗅覺、聽覺靈敏，適合臺灣本土的氣候，抵抗力又強。可惜的是，在人們崇洋媚外的心態下，大量引進外國狗種，卻又沒有負責任的觀念，養了不久就棄養，導致大量的狗類混種雜交，在今天，想找到一條純種的臺灣土狗，也許要到深山的部落才能得見！

愛牠養牠，更要做個盡責任的小主人，如果你想養寵物，請先想想，你能不能盡責的照顧牠再說吧！

七　開牛車司機先生

數不清的芭樂掛枝頭，黃黃綠綠，隨風搖曳。圍牆樹蔭下，那不是李布衣嗎？

幾個獵人拿著槍，圍著他說話。

「下個月我要去笨港，還要三隻熊、兩隻石虎。」

「安啦！」大鬍子獵人揚揚手裡的槍，「等一下出去，如果遇到那隻跑掉的笨熊，我們補一槍讓它上西天，算是謝謝大師平時的照顧！」

其他獵人笑著：「李大師付款大方，我們不會讓你失望。」

一群人商量怎麼抓熊，如何騙村民，說到得意的地方，還很誇張的笑，說得口沫橫飛，久久不走，熊有些不安，達魯面只好不斷拍著牠的背。

拍著拍著，熊睡著了；拍著拍著，那些人終於走了。

等他們走得夠遠，超完美罵：「騙子。」

「對，欺騙善良的老百姓。」高有用說。

「麻煩的是，他們有槍，達魯面，你們的弓箭和刀打不過他們啦。」

「呼哈夏嘎，我們是勇士，不怕槍。」達魯面的刀一舉，窩窩面跟著大叫，「呼哈夏嘎！」

「人要是碰上槍，必死……」高有用急著想勸他們。

達魯面眼睛瞪得比熊還要大：「呼哈夏嘎，我們不怕！」

「黑熊勇士隊，搶救黑熊不怕累！」窩窩面拿刀敲著盾牌，砰砰作響，嘴裡呼哈呼哈叫著，就想跳出牆。

刀跟槍，根本無法比呀！

超完美急中生智，她急忙大叫：「對對對，勇士不怕槍，可是黑熊怕槍呀，要是黑熊被槍打到，你們的任務就失敗了呀！」

那怎麼辦呢？窩窩面的刀放下來了。

「對呀，該怎麼辦？」超完美望著高有用。

「那裡，那裡……」高有用發現一輛牛車，就在巷子轉角，灰黑色的大牛，安靜的吃草，紅色的牛車上，籮筐堆得像山一樣高。

「我們躲在牛車上，神不知，鬼不覺，就可以避開那些獵人了呀！」超完美很有默契，「這裡還有芭樂，拔一些芭樂葉，放在籮筐上掩飾，怎麼樣？」

她說得有道理，他們立刻爬牆摘樹葉。熊會爬牆，達魯面只示範一次，牠就用一種看起來笨重，實際很靈巧的姿勢，爬下樹；土狗不會爬樹，達魯面從牆的那邊抓一隻往空中一送，牠們的腳在牆頭一踩，自己跳了下去。

只是要讓熊乖乖躲在牛車上，有點不容易。

「讓牠坐好，四周疊籮筐，上面再鋪樹枝，偽裝成芭樂帳篷車。

獵人看見了，會以為我們載的是芭樂。」超完美興奮的指揮大家。

這輛牛車很快就客滿了，土狗圍著牛車追逐，達魯面陪黑熊坐在裡面，當成帳篷的芭樂樹枝上，有幾顆芭樂，熊吃得有滋有味。高有用乾脆把樹上的芭樂都採下來：「絕對夠牠吃回山上。」

「出了這個村子，回到山路，我們就可以下來走了啦。」達魯面拍拍熊的熊腰，熊看看他，繼續吃牠的芭樂。

高有用爬上駕駛座：「我玩過怪手、推土機和搖控汽車，現在還能開牛車，太帥了。」

超完美瞄他一眼：「牛車司機先生，我們可以出發了吧？」

「對對對，出發了。」他在牛身上東摸西摸，大牛動也不動。

他搔著頭，輕聲細語的說：「牛呀牛呀，往前走好不好？」

牛低著頭，慢條斯理的吃草。

「牠……牠身上好像沒有開關？」

「當然沒有呀！」超完美很生氣，重重的拍了一下牛屁股，牛竟然哞了一聲，往前走了。

「哦，好有個性喔，原來這條牛吃硬不吃軟。」她得意的說。

喀卡，喀卡。牛車緩緩的走，叮噹叮噹，牛身上的鈴噹，不急不緩的響著，這條小巷很長，只是獵人呢？獵人會不會追上來？

好的不靈，壞的靈，超完美腦海裡剛閃過這個念頭，三個獵人扛著槍，從另一頭巷子口轉了過來。

臨時想轉彎，卻已經來不及了。

達魯面那幾條土狗，這會兒也很盡責的朝獵人跑過去。

汪汪汪，汪汪汪！

「別去，別去！」高有用喊，狗不理他，圍著獵人惡狠狠的叫著。

臺灣早期的牛車，現在很少見了／達志影像提供

想去玩 我們搭牛車去吧

牛在古代用處多多，牠們性情溫和，力氣極大，加上只要吃草即可，對農夫來說，簡直是十全十美、無法取代的好伙伴。

在當時，臺灣還有很多地方還沒開發，地勢崎嶇，野溪擋路，騎牛是不錯的方法。

等到道路開出來，農田闢好了，牛搖身一變，拉著牛車，叮咚叮咚的擔起運輸的重責大任。

最早的牛車，有兩個木板輪子，木板輪

子直徑大概有一公尺，用櫸樹木板拼組而成，堅固耐用，板輪老舊時，把它們卸下來還可再重複利用，以前農家的倉庫叫做「古亭畚」，就是以這種木輪板當底座，所以也叫做「車輪畚」。

牛車的用途很廣，除了生產時需要它幫忙，想出門時，它又成了不可或缺的交通工具。

古代的社會，沒有電視、電影，如果聽到哪裡有喜慶要演戲，大家就會很慎重的打扮，再由一家之主駕著牛車，載全家老少一起去看戲；渡船頭的船上不了岸，牛車也成了接駁的工具，專門接送往返的旅客；有時載的貨物太重，也常見兩頭牛拉車的場面。

牛車後來發展成為四輪，前頭兩個小輪子，後面兩個大輪子，車身變寬、變長，木材的輪子外頭再包上鐵皮，全車以堅硬的櫸木製成，載重力強，百年不壞。

不過，隨時代進步，汽車取代了牛車，想看牛車，可能在博物館比較容易看到了！

八 牛車快飛

獵人拔出刀，背靠背，與狗糾纏。

那些狗，撲上去，又被踢下來，撲上去，又掉下來。

再這麼下去，總有一方會落敗。

幸好，一陣短促的口哨聲

來自牛車。那些狗扭頭就跑回牛車四周警戒。

牠們說來就來，說走就走，像是訓練有素的戰士。

一個疤臉獵人疑惑的看看牛車，車上全是籮筐，駕駛座上，只有兩個小孩。

「小兄弟，你們有沒有看到一頭熊？」疤臉獵人問。

「熊？」

「是呀，可怕的大黑熊，要小心呀，不要被黑熊叼去當晚餐。」疤臉獵人緊緊盯著他們，「這幾條狗很凶喔，是山上蕃仔養的對不對？」

高有用急忙搖搖手：「這……牠們，不是啦，牠們是我爸在寵物店買的。」

「寵物店？那是什麼樣的店？」疤臉獵人在空中聞聞嗅嗅，「奇怪，有走獸的味道。」

他朝著牛車，又靠近一步。

幾條狗蹲在地上，瞪著他，發出不懷好意的吼聲。

另外兩個獵人把槍拿出來：「車上有什麼？」

「沒……沒有。」超完美的心臟都快跳出來了。

疤臉獵人的刀尖抵著籮筐：「讓我們檢查一下怎麼樣？」

「不……不可以。」超完美腰桿一挺，「這是我們家的東西，你怎麼可以想翻就翻，侵犯我們的隱私權！」她愈說愈氣，就像平時在學校跟男生吵架一樣。

突然，一陣又長又急的口哨響起，那是達魯面下的指令，這會兒再也不客氣，那些土狗跳到獵人身上，獵人一時手忙腳亂，打狗踢狗罵狗，忙得不可開交。

達魯面還在牛車上喊：「小兄弟，快走啦！」

「對對對。」高有用立刻伸腿朝著牛屁股一踢，「牛老兄，快點走吧！」

那條水牛果然加快了腳步。

「人家都說快馬加鞭，你是老牛加踢。」

啪的一聲，高有用又重重的踢了水牛一腳。

「快跑呀！」

他們很快就把三個獵人、幾條土狗給拋遠了。

出了長巷，兩旁屋子退遠了，紅磚路面變成泥路，四周都是稻田，路面彎彎曲曲，牛車喀喀喀響著，左搖右晃，好像快要解體般。

超完美抱著牛車大叫：「可以了，停下來！」

「停？」

怎麼讓一頭牛停下來？

高有用想也沒想，凌空再來了一個無影腳，像個大俠，威風凜凜的大叫：「你給我停下來！」

牛大概被無影腳給踢痛了。牠跳了起來，沒命似的邁開四個蹄子，先是衝出路面，然後像列失火的列車，朝著一條河狂奔。

那些籮筐，被震鬆、震垮了，一個個滾下車，逃命去了。

達魯面和窩窩面跟著被巔下車。

熊趴在車上大吼，不知道是興奮還是害怕。超完美死抓著欄竿，一路狂唸「阿彌陀佛，誰來救我～」隨著她的叫聲，牛車就這麼奔進河裡。

咕嚕咕嚕，他們終於浮出水面。

那條水牛，這才慢條斯理的回頭望了他們一眼，好像在說：「你再踢我呀！」

哈哈哈！

有人在笑，是達魯面和窩窩面，他們從沒看過連牛帶車衝進水裡的畫面，互相拍著肩，一邊呼嘎夏嘎跳下水。

直到爬上對岸，高有用還在跟那條牛生氣：「哼！你不要讓再我遇到。」

牛把頭沉進水裡，好像表示：「我沒聽到，怎麼樣？」

對岸有片小樹林，樹種繁多，很原始，還沒被人開發。樹林裡的涼風可以自由穿透，陽光東一束西一束的。黑熊一進來，東嗅西嗅很開心，像是……像是回到了家。

也許這裡太舒服了，高有用爬上樹，仰躺在樹枝上，半瞇著眼；達魯面連翻十多個筋斗；窩窩面蹲下來拍拍那幾條狗，日光恰好灑在他們的頭上、肩上，超完美有股衝動，回家後她要畫畫，就要畫這麼一張畫。

就叫「森林深處」，她想。

「但是，等一下，等一下，有什麼不對？怪怪的。」

超完美驚覺的再看了一遍。

「狗狗怎麼回來了？」她問。

林子裡的人，動作全停了下來。

「如果狗狗回來了，那表示，獵人被趕跑了？還是……」超完美想。

黑熊望著林外，狗狗豎起耳朵，站起來、衝出去。

汪汪汪！汪汪汪！

三個獵人拿著槍，走在最前面，林子外頭全是身穿黃色衣服的人。

「樹林被包圍了！」

刻苦耐勞的模範生
——臺灣水牛先生

水牛在臺灣的開拓史上，扮演很重要的地位，因為水牛是農夫最得力的助手，耕田翻土、拉車運貨都少不了牠。

臺灣本來只有野生的黃牛，漢人來臺後，除了將黃牛養得更溫馴以外，也從華南一帶引進水牛。

鄭成功時代，為了鼓勵漢人到臺灣開墾，引進更多的水牛幫助農人耕田，從此

水牛在臺灣的開拓史上，扮演著重要的地位／鄭清海 攝

一直到民國六、七〇年代的臺灣，水牛背上站著幾隻白鷺鷥是最普遍的農村風

景。水牛更是臺灣文化中最常被感謝的象徵。

那時的農人，想買一條牛，必須先到牛墟去。牛墟，就是牛的交易場所，北港、鹽水和新化是當年的三大牛墟，到了牛墟交易日，市集裡人聲鼎沸，牛聲哞哞，來自各地的牛販子，想買牛的農戶齊聚一堂，好不熱絡。

把買來的水牛牽回家，全家大大小小在稻埕迎接，就像在歡迎一位新成員般，農夫為了感謝水牛的幫忙，除了按時割草餵養外，還會帶怕熱的水牛去溪邊泡水，農夫也會用泥巴抹在牛的身上幫牠們降溫，為了避免蚊子叮咬，晚上還會點草幫牠們驅趕蚊蠅呢。

牛在農家的用處很大，除了耕田、拉車，牛糞還可以撿回家當柴燒，叫做「牛柴」；牛糞混合米糠和泥土，就是一種隔熱效果絕佳的建築材料。

只是到了今天，因為農業機械化，臺灣水牛在農家裡的地位不再，田野間要見到水牛耕田的景象，已經很難見到了，想看水牛，想來想去，好像也僅剩動物園了。

九　熊印石片

「不用怕的啦，」達魯面大叫：「出去跟他們拚啦！」

「拚啦，拚啦！」窩窩面轉身就想衝出去。

超完美好不容易才拉住他：「你們拿什麼跟人家拚？」

達魯面手裡有張弓，他尷尬的說：「箭不見了，好像掉在對面。」

「我的刀被水神拿走了。」窩窩面堅定的表示，「但是，我還有這個……」

那是一把刀鞘。

就憑一張沒箭的弓，和一把沒刀的刀鞘，怎麼打得贏獵人的槍？對了，還有那些黃衣人。

高有用跳下樹：「他們進來了。」

落葉被踩得沙沙作響，狗的聲音卻小了，大概被人制住了。

高有用觀察四周，腦子不停的動著，樹林並不密，就算躲起來，那隻大黑熊也沒地方藏，對方有槍，他看看達魯面，只有弓，怎麼打仗？

達魯面握著拳頭：「我不怕他們。」

「不怕，不怕。」窩窩面急著想出發，轉頭時，什麼東西在他的頸間閃了一下。

很眼熟，白色的，長方形的。高有用驚喜的發現：「是石片！」

「這……這是出發前，我爸爸硬要我戴的。」窩窩面取下項鍊，遞給他們看，「不是我不勇敢喔！」

高有用只看一眼，立刻認出來，是第四塊石片。長方形的安山岩，裡頭有大量黑色鐵鎂結晶，被人磨得晶亮平滑的石面上，清楚的刻著三個野獸的腳印。

「那是黑熊的腳印。」窩窩面說，「荷包面說這石片有無窮的法力，只要能使用它，可以召喚一支軍隊來。」

「荷包面？軍隊？」

「荷包面是窩窩面的爸爸。」達魯面解釋，「黑熊部落最厲害的巫師。」

窩窩面點著頭：「要對著它唸咒語——遍生於林，繞行四周，熊熊什麼……」他歪著頭說，「荷包面說他小時候記得，長大就暫時忘記了。」窩窩面補充，「哎呀，那都是騙人的，怎麼可能有這種事？」

石片的力量，超完美知道，也親眼見過幾次，但是，熊熊什麼呀？她拿著石片，輕聲的唸：「遍生於林，繞行四周，熊熊……熊熊大火嗎？」

敵人的腳步聲近了些。

「遍生於林，繞行四周……灰熊厲害嗎？」

沙沙聲更近了。

「到底是遍生於林，繞行四周，熊熊什麼？熊熊……」

「那裡有人！」敵人發現他們，在外頭大喊。

達魯面和窩窩面撿了一根木棍準備應戰了。

「遍生於林，繞行四周，熊熊……」超完美還在沉吟。

幾個黃衣人衝過來，達魯面和窩窩面拿著木棍把他們打倒，連黑熊都發出吼聲，像在助陣。

吼～吼～

黑熊的聲音震得人耳膜發麻。

吼～吼～吼聲有高有低，有遠有近。不像一隻，是好幾隻，也不太對，不像好幾隻，四面八方全是熊在怒吼。

黃衣人嚇得落荒而逃，達魯面和窩窩面緊追出去。

超完美緊握著石片，用一種很不可思議的聲音說：「原來，原來是遍生於林，繞行四周，熊熊怒吼～！」

到處都可以看見熊的身影，牠們忽隱忽現，也分不出哪隻是哪隻，高有用拉著超完美往外跑。

一隻黑熊把獵人的長槍折成兩半，三隻黑熊正圍著疤臉獵人，還有一個獵人被黑熊抱著，他嚇得不敢動彈……

吼～又一隻黑熊不知道從哪棵樹後轉了出來，朝著他們衝過來。

「我們，我們是好人！」

超完美尖叫。

黑熊不知道他們是好人，牠跑得很快、很沉，咚！咚！咚！每一聲彷彿都能讓地震動。

她想躺在地上裝死，也想爬到樹上去。

但是高有用根本不停，他拉著她不斷的找路找路找路。超完美跑得口乾舌燥，腿都快斷了似的，就在她以為這輩子大概就要這麼一直跑下去時，高有用突然在坡上停住，回頭想警告她。超完美來不及煞車，從後頭撞上去，兩個人就這麼一路翻翻滾滾，天旋地轉。

最後，撲通一聲，他們全跌進水裡。

保護動物要先從尊重動物做起／天下資料

對於動物，我們可以這麼做

地球上的萬物都應該是生而平等，享有相同的權利，人類要追求快樂的生活，動物也是，牠們也應該享有快樂、自由的生活條件。

為了保護動物，許多國家都設了國家公園，公園內，儘量減少人為的設施，希望能營造一個適合動物居住的環境，臺灣現在已有八座國家公園，經過大家的努力，目前野生動物都在漸漸增多，如果可能，希望住家附近都適合動植物居住，但這還有好大一段路要努力。

動物和人一樣，都需要被人尊重，你希望別人怎麼待你，你就應該怎麼對待動物，中國老祖宗千百年前說的「仁民愛物」，就是這樣的道理。我們不該粗暴的對待動物，因為那是一條寶貴的生命，所以，見到別人有這樣的行為，請勇敢的勸告他。

很多人都喜歡養寵物，但是在你養牠之前，請想一想，你是否能妥善的照顧牠，直到牠享有與其自然壽命相當的生命歷程？遺棄動物是一種殘忍而且可恥的行為，不管牠是病了、老了，直到死亡，你是不是願意這樣無怨無悔的照顧牠？

動物必須在有限的時段內工作，而且不能被過度使用。他們必須享有充足的食物和休息。我們也不應把動物用於娛樂活動，讓動物做展覽和展出是有損動物尊嚴的事。

最後，任何造成動物的不必要死亡的行為都是殘忍的，是對生命的犯罪。造成物種滅絕的污染和破壞也是犯罪行為。

保護動物，就得先從尊重動物做起喔！

十　四塊石片全員到齊

一隻大手，把他們從水裡撈了起來。

那人笑著，像從水裡抓了兩條大魚般。

高高大大的身材，是歐雄老師。

高有用還沒喊完：「小心，是河。」他終於

把話說完了。

四周全是他們的同學：「這裡哪有河呀？你們也太厲害了，把荷花池當成河來跳。」

同學們爆出一陣笑聲。

「我們回來了？」他們倆互相看了看。

「我們回來了！」他們大叫，跳了起來。

高有用的單車四腳朝天的躺在荷花池裡，超完美的單車上，還多了一隻青蛙。

荷花池就在長巷底，他們的單車看來像是煞車不及，直接撞進荷花池。

不過，回來了就好。

「達魯面應該把黑熊帶回家了，希望村民識破愛騙人的李布衣，早日把他抓起來。」超完美一路嘰哩呱啦的說。

歐雄老師搖著頭：「你們兩個就是愛幻想，哎呀，不好，該不會你們真的撞壞了腦袋？」

超完美的話像連珠砲：「老師，是真的，我們真的看到臺灣黑熊了。臺灣黑熊的胸前有一道V字領，對不對？」

「是對啦，但是……」

「還有兩個原住民，他們是黑熊部落的人，一個叫達魯面，一個叫窩窩面，如果沒有他們，那些黑熊就會被朱員外吃掉了，你說，可不可憐？」

「可憐，但是……」

超完美話還沒說完，她拿著石片說：「我們又拿到一塊了，現在四塊石片全員到齊了，也不知道全找到了會怎樣？」

只有聽到石片，歐雄老師的腳步才停了那麼一下下，眼角閃過一絲奇特的光芒。

沒仔細看的人，根本看不出來。

「有了這四塊石片，難道就會隱身術？還是有了四塊石片，熊徒弟會長出翅膀？」

「好了好了，別瞎說，我會把這塊石片，連前面那三塊收到校史室！」

黑熊老師拿著石片，「快去跟同學集合吧，該回去了！」

超完美在跨上單車前，還回頭望了那麼一眼。

觀音亭前也在辦祭神，廟前也有頭大肥豬，含著橘子，看起來喜氣洋洋。一群鴿子，在夕陽下飛過廟頂上空。

很久以前，這裡曾經是個碼頭，曾經有數不清的海船停泊，這裡也有個部落，他們叫做黑熊部落，部落裡的人，都很愛熊。

「超完美，該走了吧！」高有用在前頭叫著。

她輕踩一下單車。

「高有用，人家的單車怪怪的，一定是剛才被青蛙踩壞了，你可以……」

「天哪，不會又來了吧？」

「跟人家換嘛！」她說。

「第八次，你已經換第八次單車了！」

後記 I

呱，一隻小青蛙叫。

叫出另一隻小青蛙。

呱呱！兩隻小青蛙叫，叫醒數不清的小青蛙。

呱呱呱，呱呱呱，數不清的小青蛙，白白的肚皮貼地上，乖乖的擠在春夜的操場上，呱呱呱呱呱呱的叫著。

黑漆漆的操場，地面飄散白色的霧氣。

壯得像熊的男人，一腳剛踩進來，操場上的青蛙全張著大眼睛，緊緊閉著嘴巴。

青蛙不叫了，狐疑的望著他。

男人吸了一口春天夜晚的氣息，像變魔術一樣，從貼身的衣服裡，拿出四塊石片，他用手一指，操場上出現一堆火花，金黃的火光，照亮了他的臉。

濃密的鬍鬚，深刻的五官。他在唱歌，低聲吟唱，歌詞沒人聽得懂，曲調卻又很熟悉，像在哪裡聽過。

他把石片，一片一片的數著，一片一片放進火裡。

石片進入火中，冒出一陣白煙。煙霧像有靈性，圍著他不散。

石片在火裡翻騰，他是在烤石片，還是在煮石片？

都不像，石片吸飽了火氣，歌聲沒有停。

古老的歌聲中，白煙更濃了。

CY

嘶嘶嘶嘶嘶嘶——

土裡有聲響，聲音有節奏，就像他唱的歌一樣。

綠色小苗從火中破土而出。瞬間就舒展子葉，抬頭向上、又向上。

像是一眨眼的時間，苗木變成了大樹，大樹變成了巍峨的巨木，讓人吃驚的是，樹只種在一個洞裡，卻幾乎在同時，在這座空曠的操場上，處處都有苗木生長，只一眨眼的時間，長成了一片巨木的森林。

綠樹環繞。

男人幾乎快被樹給遮住身影。

在他回頭時，火光掩映中，讓人驚訝的發現，那不是人。

是隻熊。

森林裡走出一位巫師，身背布袋，微笑著，熊四肢著地，跟著法師回到森林裡去。

嗚嗚嗚——

嗚嗚嗚——

熊的叫聲，真像一首歌，古老的歌聲迴盪在森林裡。

是熊！超完美在夢裡驚醒。

她不知道的是，離她家兩公里遠的地方，一個小男生，也由夢中驚醒過來。

「那是黑熊老師嗎？」那男孩名叫高有用。

然後他們同時都想到了那首曲子，那首來自

爬爬猴社的曲子。

假期過後，學校取消戶外教學課。

為什麼？

學校沒說明。

孩子們也好像忘了曾經有過這麼一堂課。

反正這是可能小學，每一堂課都有趣，每一堂課都好玩。

那個像熊一樣的歐雄老師哪裡去了呢？

像謎！

後記 II

流浪黑熊進動物園

（中央社記者王小華二十二日電）內政部動物保護署表示，丹南國家公園黑熊保育小組近期在無所古道東段六分溪谷，目擊大黑熊企圖越溪，為丹管處成立二十三年來，目擊黑熊最久的一次錄影畫面。經過熱心民眾提供線索，發現該隻大黑熊似乎喪失了野生動物該有的覓食、行動能力，現已緊急送到動物園保護中。

動物保護署表示，今年一月九日，黑熊保育小組在丹南園區海拔二四二五公尺附近，近距離發現黑熊在溪谷來回走動。

從黑熊來回搜尋及不安的行為研判，應是溪水太深，黑熊希望能找到一條越溪的路徑。

動物保護署表示，後來大黑熊因為溪水湍急而作罷，循原路折返，這次黑熊過溪畫面，為丹管處成立二十三年來，首次目擊最久的一次，並由黑熊保育小組李文章以攝影機全程錄影。

沒想到三天後，李文章又接到在國家公園露營民眾的電話，指稱他們的營區闖進一頭大黑熊，企圖攻擊民眾。李文章趕到現場，民眾並無傷亡，大黑熊只從營地裡搶奪了大批糖果、巧克力離去。此事傳開，讓國家公園附近民眾、商家人人自危。李文章跟蹤黑熊腳印，最後在一個山洞裡發現了大黑熊。大黑熊不怕人，身上都是蜜蜂叮咬的痕跡，李文章判斷大黑熊失去了野生動物求生本能，因此與動物園聯繫，現已將黑熊送往動物園途中，等一段時日，就可以與全國小朋友見面。

動物保護署表示，保育巡查是極為特別的工作，必須在很嚴苛的環境下進行，這次野外目擊事件的一大功臣——李文章，曾是巴巴厚族資深獵人，後來成為丹南國家公園保育人員，專長研究各種野生動物出沒習性和補抓技巧。

動物保護署也藉此呼籲，群眾上山若「幸運的」見到野生動物，應保持安靜避免干擾，靜靜的觀察。動物才是山林的主人，若聽見黑熊的聲音或見到黑熊，應儘速低調離開現場，以免發生意外。

絕對可能任務——

親愛的小朋友，讀完這本書，
是不是覺得歐雄老師的戶外教學課很好玩呢？
想參加嗎？
先通過歐雄老師的闖關任務吧！

任務1 黑熊勇士隊的合照

「這是怎麼回事呀？」

剛洗出來的照片，被黑熊給扯成一片片。

黑熊勇士隊的隊員搔著頭：「好可惜呀，那是我們第一次跟黑熊拍合照耶！」

「不過，撕了也沒關係啦，這張照片照壞了。」超完美瞄了一眼就說。

「照壞了？」黑熊勇士隊員歪著頭，看了半天也看不出來。

親愛的小朋友，你知道出了什麼問題嗎？

任務2 解救動物大猜謎

南塘古鎮上，有人運來一個箱子，箱子破了幾個孔。

朱腦油員外家的六千金，透過箱子孔看到裡面的動物，她們說：

「牠看起來像貓。」

「比貓大一點點，很凶的樣子。」

「牠有棕黃色的毛。」

「牠身上有紅棕或黑棕色點狀斑。」

超完美聽完，立刻告訴黑熊勇士隊，箱子裡的動物是非常珍貴的保育類野生動物，不管用什麼方法，一定要把牠解救出來。

那到底是什麼動物呀？

你能猜出來嗎？

任務3 愛動物迷宮

你愛動物嗎？你知道如何保護動物嗎？勇敢闖進來吧，看看你能不能走出愛動物迷宮。

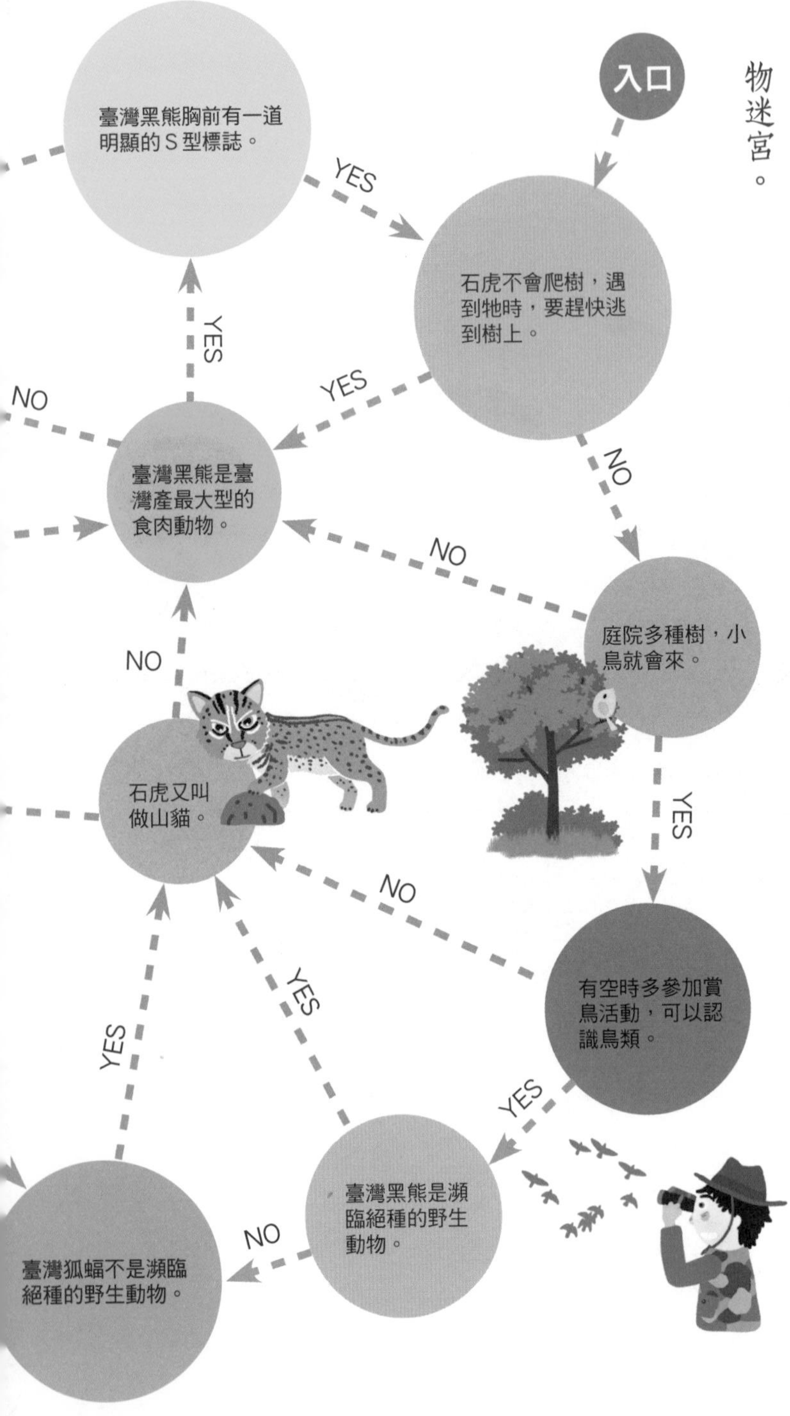
入口
石虎不會爬樹，遇到牠時，要趕快逃到樹上。
YES
臺灣黑熊胸前有一道明顯的S型標誌。
NO
庭院多種樹，小鳥就會來。
YES
臺灣黑熊是臺灣產最大型的食肉動物。
NO
YES
有空時多參加賞鳥活動，可以認識鳥類。
NO
石虎又叫做山貓。
YES
臺灣黑熊是瀕臨絕種的野生動物。
NO
臺灣狐蝠不是瀕臨絕種的野生動物。
YES
YES
NO
NO

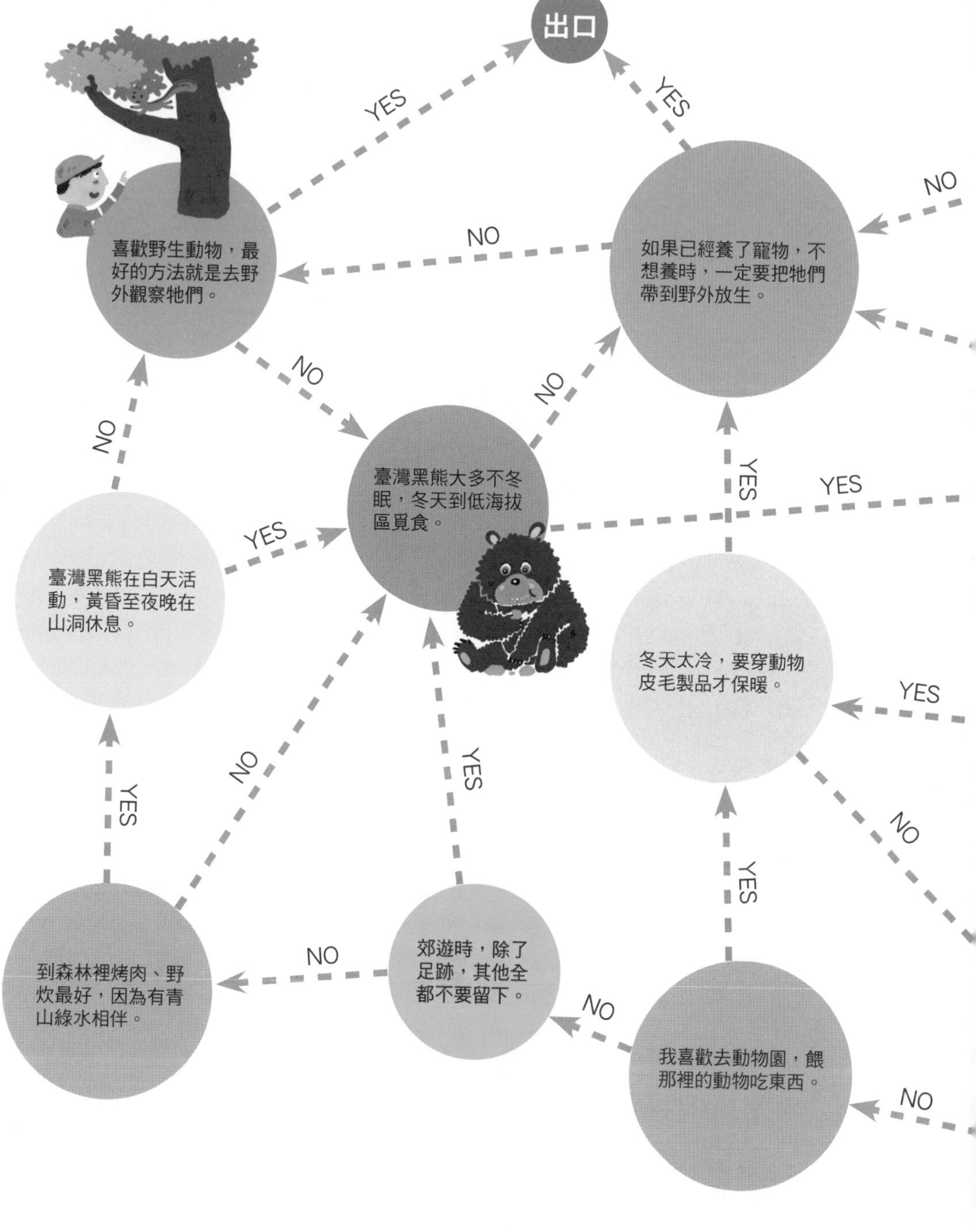
出口
YES
YES
NO
喜歡野生動物，最好的方法就是去野外觀察牠們。
NO
如果已經養了寵物，不想養時，一定要把牠們帶到野外放生。
NO
NO
NO
臺灣黑熊大多不冬眠，冬天到低海拔區覓食。
YES
YES
YES
臺灣黑熊在白天活動，黃昏至夜晚在山洞休息。
冬天太冷，要穿動物皮毛製品才保暖。
YES
YES
NO
YES
NO
YES
到森林裡烤肉、野炊最好，因為有青山綠水相伴。
NO
郊遊時，除了足跡，其他全都不要留下。
NO
我喜歡去動物園，餵那裡的動物吃東西。
NO

任務4 好野味沒野味！

（可能市網十月二十三日電）愛吃野味的可能市市民，以後可能沒地方去了，因為本市最後一間山產店，在日前宣布倒閉。

據本網記者獨家發現，裝潢充滿了野外趣味的「好野味」大餐廳，因為「貨源」嚴重不足，已在昨日銷毀獸籠，拉下餐廳鐵門，正式宣布結束營業。

至於為什麼會貨源短缺？本報記者實地採訪餐廳老闆曾曉器先生，據他表示，因為大家濫捕、濫殺野生動物，所以野生動物的數量愈來愈少，很難再獵到野生動物，因此來源減少，進貨成本也因此水漲船高。經營不易，他早有休業的打算。再加上民眾的環保意識抬頭，對保護野生動物有一定認識，知道虎鞭、犀牛角並不一定能進補，所以想吃野味的客人變少了。

曾老闆表示，重新裝潢的「好家常」餐廳，即將開幕，歡迎舊雨新知好朋友，為他加油，他也會把營運所得，捐一部分給保護動物協會。

仔細閱讀完新聞後，請回答下列問題

1 好野味餐廳為什麼會關門？

a. 全球金融大風暴，餐廳經營不善，只好倒閉。

b. 曾曉器先生想另起爐灶，開動物園。

c. 野生動物來源減少，客人環保意識抬頭。

d. 因為保護動物協會的會員抗議，他不得不結束營業。

2 野生動物的貨源，為什麼會減少？

a. 因為野生動物都知道要躲起來，不被人抓到。

b. 因為野生動物棲息地減少，繁殖不易。

c. 因為人們環保意識抬頭，捕捉他們的人減少了。

d. 因為現代的人不太會打獵，捕到的獵物變少了。

3 「民眾都有環保意識，對野生動物保護已有一定認識」這句話的意思是什麼？

a. 現代人已經知道，野生動物身體上有很多寄生蟲，吃了對身體不好。

b. 為了保護動物，各國政府訂下嚴刑重罰，讓人民不敢輕易打獵。

c. 民眾體認地球不只是人類居住，我們也要留點空間給動物生存。

d. 人類發明更新更好的藥物，再也不需要吃虎鞭、犀牛角了。

任務5 找隻河馬當麻吉

黑熊勇士隊是不是很讓人敬佩？他們為了拯救黑熊，挺身而出，即使遇到神通廣大的李布衣也不怕。

小朋友，你雖然不能去深山裡拯救野生動物，卻可以找隻動物當朋友，例如大象、長頸鹿或是老虎。

「什麼？老虎，老虎好可怕！」

「大象？我家是公寓，大象怎麼住得下？」

不不不，別急嘛！臺灣有許多動物園，去吧，有空就去走一走，上網查查牠們的資料，認養其中一隻動物當朋友，好不好？

或是，在小公園裡設個鳥屋、觀察居家附近的昆蟲……

哎呀，找個野生動物當朋友並不難，快快快，你還有沒有別的點子？請你把你的行動寫下來、畫下來，甚至是用相機照下來，然後，跟你的朋友比一比，看誰的點子最有創意，為動物盡最多心力。

解答

任務1．黑熊勇士隊的合照。

答案：根本沒照到黑熊嘛！卻照到李布衣間雜人等。

任務2．解救動物大猜謎

答案：箱子裡是保育類的動物——石虎。

任務3．愛地球迷宮

答案：

・喜歡野生動物，最好的方法就是去野外觀察牠們。↓對。

・如果已經養了寵物，不想養時，一定要把牠們帶到野外放生。↓錯，這樣是讓牠們自生自滅了，請送給有愛心的人養吧。

・臺灣黑熊大多不冬眠，冬天到低海拔區覓食。↓對。

・臺灣黑熊在白天活動，黃昏至夜晚在山洞休息。↓錯。他們是黃昏後才出來行動。

・臺灣黑熊胸前有一道明顯的S型標誌。↓錯。S是超人啦，V型才是黑熊。

・臺灣黑熊是臺灣產最大型的食肉動物。↓對。

・冬天太冷，動物皮毛製品才保暖。↓錯。這樣等於殺害了可憐的動物，請你改穿毛衣一樣輕暖喔。

・庭院多種樹，小鳥就會來。↓對。

・石虎又叫做山貓。↓對。

・石虎不會爬樹，遇到牠時，要趕快逃到樹上。↓錯。石虎很會爬樹呢！可不輸蜘蛛人喔。

・郊遊時，除了足跡，其他全都不要留下。↓對。

・到森林裡烤肉、野炊最好，因為有青山綠水相伴。↓錯。這樣你可能會釀成森林大火。

・有空時多參加賞鳥活動，可以認識鳥類。↓對。

・我喜歡去動物園，餵那裡的動物吃東西。↓錯。拜託，猴子不愛吃乖乖，你可別亂餵。

・臺灣狐蝠不是瀕臨絕種的野生動物。↓錯啦，臺灣狐蝠快要絕種囉。

・臺灣黑熊是瀕臨絕種的野生動物↓對。

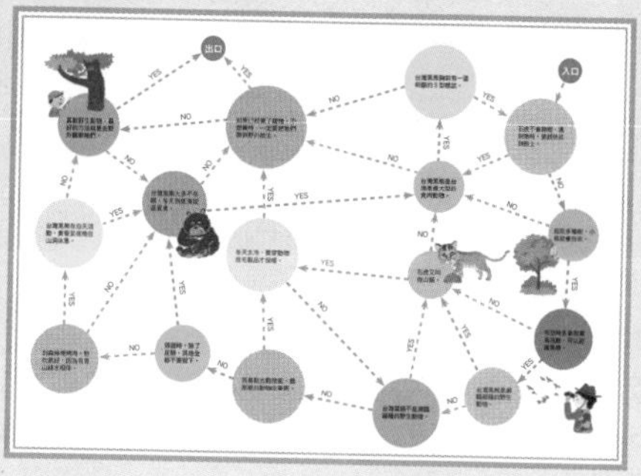

任務4．好野味沒野味！

答案：

1. c
2. c
3. c

作者的話

海上有仙山？

好久好久以前，秦始皇滅了六國，統一天下，人間的權勢，他已牢牢掌握，於是，他夢想長生不老，派出徐福，領著數百名童男童女出訪海外仙山。

當時的人們相信，海上有三座仙山，山上住著神仙。

徐福在海上航行一段時間，從黃海、東海找到南海，就是找不到仙山。

徐福不敢回國，最後聽說留在日本，成了日本人的祖先。

世界上，到底有沒有仙山？

幾千年來，仙山無緣讓人一見。

直到十二年前，一個想抄捷徑的美國船長，駕著船，來到赤道邊的無風帶。

太陽很大，沒有一絲微風，一座五彩繽紛的島，悄然無聲的出現。

這就是那座仙島了嗎？

船員張大了眼，屏住呼吸。

島愈來愈近，景象愈來愈詭異。

彩色的島上，見不到一棵樹、一株草，聽不見鳥鳴，更怪的是這座島並不高，簡直像貼在海面上，船根本來不及轉，就這麼撞上了彩色的島。

船員們緊張的抱著船桅，正想大叫撞船了，但是……沒有，沒有撞擊聲，陸地自動分開，像是一團彩色粉圓冰，緊緊包圍著他們，船緩緩駛進去，像是一把刀，輕輕劃開了水面。

喔，天哪，他們終於看清楚了，那座島，其實是數不清的瓶蓋、包裝袋、充氣排球所組成，漂浮在船的四周，哪是神仙島？根本就是個巨大的垃圾島。

猜猜這艘船花了多少時間，才從這片海域突圍而出？

一小時？

兩小時？

一天？

七天！

他們整整花了七天，才駛出這片五彩垃圾山。

他們初步估算，那片海域至少有三百萬噸的塑膠垃圾，讓人沮喪的是：這個最新長出來的垃圾山，位在太平洋最人跡罕至的地方，想要清理它，比登陸月球還難。

這裡的垃圾來自世界各國，美國的球鞋、中國的塑膠玩具，日本的生鮮食品包裝盒，甚至墨西哥的塑膠袋……

科學家發現：這些垃圾搭著洋流流到這裡的時間，短則十個月，長則三五年，它們在海上被潮浪沖刷，最後都成了細小的碎片顆粒……

目前，這個「垃圾仙島」還在生長狀態，目前還不是結實的陸地，而且它增長的速度驚人，在你看到這篇後記的時候，它的面積又增長了一倍，已蔓延到一百四十萬平方公里，聚集了七百萬噸的垃圾。

而這樣的海上垃圾仙山，又有幾座被人發現……

人目前還沒找到長生不老的藥物，卻已經先製造出「長生不滅」的塑料垃圾。

怎麼辦？

這就是現在我們要面對的問題，不光是垃圾……

據調查：全球每分鐘消失三十六個足球場大的森林。

全球海平面平均每年上升二至三公分，沒幾年後，一個叫做吐瓦魯的國家，將率先被海水淹沒。

在過去的五百年間，物種消亡的速度是每年一百種。

而珊瑚礁每年以百分之一的速度在消失，世界上的珊瑚礁已有百分之二十七消失……

人愈來愈多，破壞地球的速度愈來愈快，我們現在每一個不經意的活動，都可能是製造地球環境災難的推手之一。

像是你多買一雙球鞋，多要一個隨餐附贈的玩具，多搭一次電梯……

注意了沒有，多……只要一個「多」字，地球資源就「多」浪費一點。

故事能夠重來，就像主角能回到過去，拯救地球；現實生活卻很難，破壞很簡單，再造卻要花上更多力氣更多時間，結果卻不盡然讓人滿意。

當暴雨來襲成為頻繁的現象，當地球暖化愈來愈嚴重的現在，我們應該更謙卑，對地球節省一點消費，對自已要求再嚴苛一點，我們現在破壞的大自然，都會在將來，向我們、向我們的後代，加倍的償還。

於是，有了這套書的構想，希望愛地球的任務，能因此落在我們每一個人的身上，地球加油，我們更該加油，才能有一個更可愛的地球。

推薦文

愛地球任務，出發！

臺中市大元國小老師　蘇明進

如果，真有這樣的「可能小學」；如果，真有歐雄老師精采的戶外教學課，那麼我這個當老師的人，一定也要搶先第一個報名！

因為這些課程實在是太有趣了！聽說，在「可能小學」裡，自然教室裡會長出一座森林，學生可以白天在那裡上課、晚上在那裡露營；上到不同的季節時，森林會變化成池塘、或是沙漠；還有、還有，歐雄老師會用他那精神抖擻的熊爆發力，帶領著大家上山、下海、以及探訪世界有名的古蹟……

我可以想像書裡面提到「選課那天，門才打開，立刻被孩子秒殺結束」的景象，因為這是多麼充滿冒險性及新鮮感的課程！再沒有學習動機的孩子，也會馬上愛上「上學」這件事！

我個人相當喜愛這套【可能小學的愛地球任務】叢書。四本書，有四個不一樣的主題，都是在歐雄老師的戶外教學課中發生的故事。《大鼻子外星人之謎》，解開了外星人石雕的謎團；《海賊島大冒險》，則是與海盜一起在海上冒險；《金沙湖探險記》，敘述著淘金沙與原住民文化之間的衝擊；《拯救黑熊大作戰》，則是一項搶救臺灣黑熊大作戰。這些故事，也分別闡述了生態保育、海洋保育、地質保育、動物保育……等環境議題。藉由幽默冒險的精采情節，提醒孩子們保護地球生態資源的重要性！

作者王文華以幽默、自然的文筆，將環境議題融入於故事之中，讓「愛地球任務」不再只是在書上喊口號，而是一種身體力行的體驗。書中還融入了大量科學新知的介紹，讓孩子們在閱讀之餘，還可以增長知識。最妙的就是書末，還附有許多好玩的闖關遊戲，讓孩子們在遊戲的過程中，再一次執行了愛地球的任務。

主修科學教育、又是一位國小老師的我，很開心親子天下一直努力經營著自然科學這區塊的出版事業。其他先進國家，都有極多針對兒童所設計的完整科學套書；反觀臺灣，歸類於科普系列的出版品算是偏少，大多數都是國外翻譯書。但不容否認的，一個國家在科學教育推廣的用心程度，將是其未來國家競爭力的重要關鍵。

我們的孩子，可能不明白：為什麼古文化以及自然景觀的消失，跟他們有什麼關係？他們可能也不明白：這些消失的自然景觀以及古文化，究竟有多麼珍貴、失去它們有多麼可惜？

這就是孩子需要我們去教育他們的地方。我們必須讓他們從電玩的聲色刺激中解放出來；也必須教他們在沉重的學業壓力中，看到生命的價值。愛地球的任務，不只是口頭上喊喊而已，而是一種習慣、一種態度！

準備好了嗎？陪著孩子，讓我們一起來執行愛地球任務吧！

推薦文

帶孩子翱翔在可能的想像王國

荒野保護協會榮譽理事長 李偉文

我想每個老師或家長都能感受到，我們孩子所成長、面對的時代已經與我們小時候完全不一樣，在日新月異的變化中，孩子必須學習的知識與技能的確非常多，但是另一方面我們也知道，強加灌輸背誦的知識是沒有用的，那麼，該怎麼辦呢？

三百年前伽利略就這麼提醒我們：「你不能教人什麼，你只能幫他們去發現。」的確，在浩瀚無邊的訊息大海中，沒有所謂必修的科目或必讀的書。尋求知識，應該像是去發現一個新大陸，是一趟心靈的探險，這種追尋，是非常令人興奮與快樂的，就像是哈利波特厚厚七、八百頁純文字的書，連小學二、三年級的孩子也能廢寢忘食的閱讀一樣，只要這個故事能引起他們的好奇。

要說出精采的長篇故事並不太容易，尤其要在充滿想像力與創意的故事中，自然而然的帶出知識的深度那更是不容易。因此，這套【可能小學的愛地球任務】系列故事的出現，就非常難能可貴了。

書中透過個性行為平凡如我們身邊每一個孩子的男女主角，上天下海，縱橫古今中外，在一所什麼都可能發生的學校裏，回到過去，追尋知識產生的源頭。

總覺得好奇心是一切學習的原動力，我們是先有了好奇才會有所謂探索，然後在探索中遇到了疑惑或困難，這時候就需要知識的幫忙，有了知識之後，除了有能力應付挑戰之外，也可能會引發更多的好奇與探索。

這個精采的系列故事，就符合這樣的學習歷程，一步一步帶領孩子進入充滿想像的世界。

推薦文

創造自己的「野」可能

中興大學生命科學系副教授　吳聲海

二十多年前，我在美國念書時，看到當地市立圖書館的一張宣傳海報，那是我見過最有意思的一張海報。海報的文字寫著「你的公共圖書館——野東西在此（Where the wild things are.）」。

書，就是充滿了「野東西」，這裡指的「野」，不是無法無天、荒誕、放蕩的身體之野，而是讓人天馬行空、欲罷不能、無以言喻的心靈之野。看書的目的就是要讓心變野，讓腦子裡的神經去嘗試不曾有過的連結方式。一種米養百樣人，如果一本書能讓百人心中呈現百種想像，在讀了兩本書後，這一百個人心中就可能呈現千萬種畫面。

【可能小學的愛地球任務】這套書中，敘述的可能小學師生戶外教學的過程和內容，實在讓人羨慕。他們的經歷充滿了冒險的野趣，也到處碰到「野東西」。從高山到海底，從溼地到森林，可能小學的學生，不但認識了自然，實際進入以前只能在書上讀到的場景，也思考出對周遭一切的關懷。

期待所有讀了可能小學上課實錄的大人小孩，可以讓自己多野一點。或許有一天，你也會發現——什麼都是可能的！

可能小學的愛地球任務 4

拯救黑熊大作戰

作　　者｜王文華
封面及內文插圖｜賴馬
附錄插圖｜孫基榮

責任編輯｜蔡珮瑤
封面・版型設計｜蕭雅慧
行銷企劃｜葉怡伶

天下雜誌群創辦人｜殷允芃
董事長兼執行長｜何琦瑜
媒體暨產品事業群
總經理｜游玉雪
副總經理｜林彥傑
總編輯｜林欣靜
行銷總監｜林育菁
副總監｜李幼婷
版權主任｜何晨瑋、黃微真

出版者｜親子天下股份有限公司
地址｜台北市 104 建國北路一段 96 號 4 樓
電話｜（02）2509-2800　傳真｜（02）2509-2462
網址｜www.parenting.com.tw
讀者服務專線｜（02）2662-0332　週一～週五：09:00~17:30
讀者服務傳真｜（02）2662-6048
客服信箱｜parenting@cw.com.tw
法律顧問｜台英國際商務法律事務所・羅明通律師
製版印刷｜中原造像股份有限公司
總經銷｜大和圖書有限公司　電話：（02）8990-2588

出版日期｜2010 年 3 月第一版第一次印行
2024 年 9 月第一版第二十四次印行
定　　價｜250 元
書　　號｜BCKCE008P
ISBN｜978-986-241-123-0

訂購服務
親子天下 Shopping｜shopping.parenting.com.tw
海外・大量訂購｜parenting@cw.com.tw
書香花園｜台北市建國北路二段 6 巷 11 號　電話（02）2506-1635
劃撥帳號｜50331356 親子天下股份有限公司

立即購買＞
有聲故事書

國家圖書館出版品預行編目資料

拯救黑熊大作戰／王文華 文；賴馬 圖
-- 第一版 . -- 臺北市：天下雜誌，2010.03
140 面；17×22 公分 . --（可能小學的愛地球任務；4）（讀本；E008）

ISBN 978-986-241-123-0（平裝）

859.6　　99003035

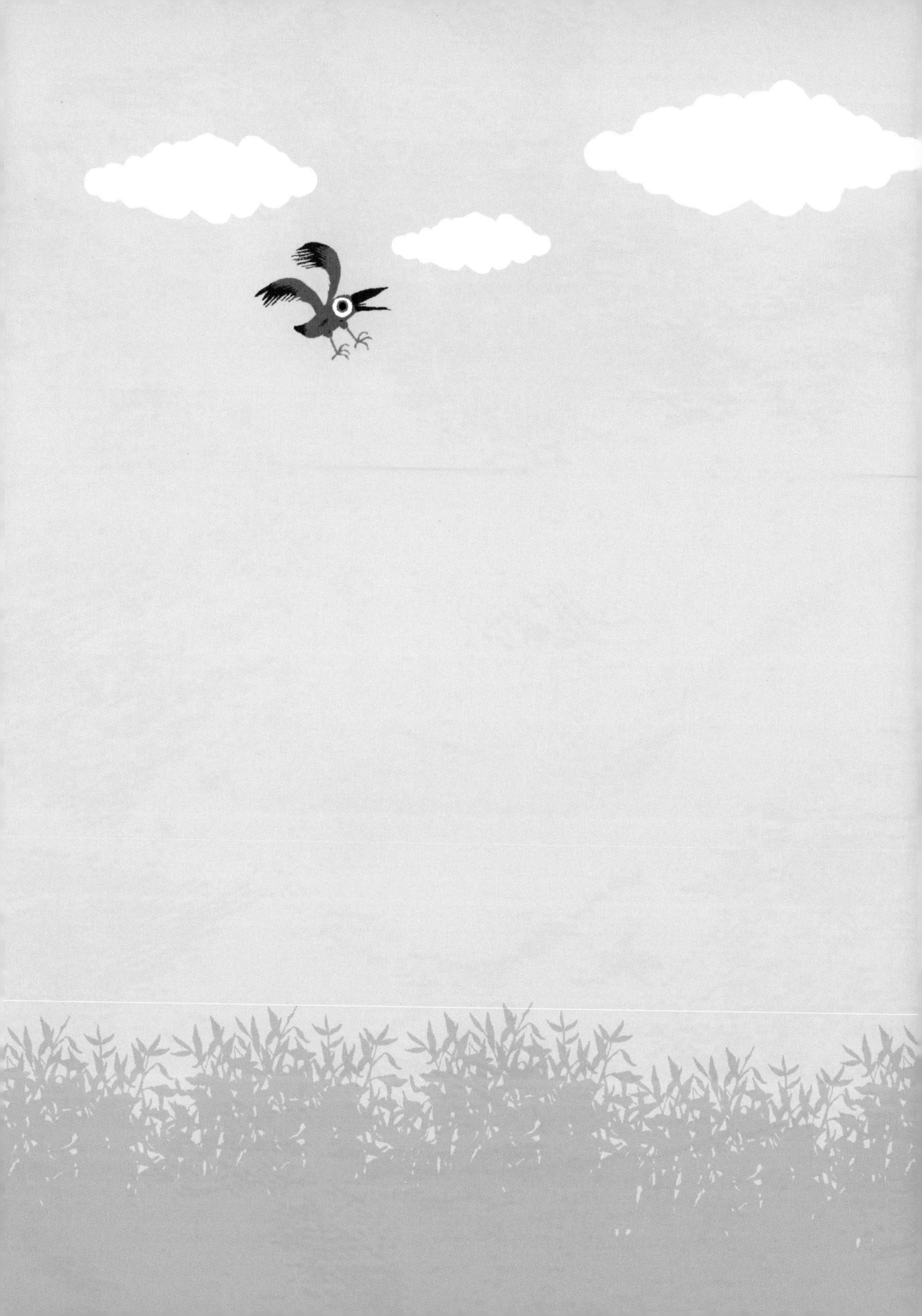